香満ちて
美しさとやさしさへ向かう
「感性美人道」

奥脇 洋子
OKUWAKI Yoko

文芸社

まえがき

「"感性美人研究所" って聞いてきたんですけれど

　この近くにあるのでしょうか」

　とたずねられた私は

「はい　すぐのところに　こちらなんですよ」

　と　たずねられた方をご案内しました

「えっ！　どちらですか？」

「研究所はね　建物の中にあるのではなく　あなたの中にあるのです」

　すると　またまた

「えっ？　私の中にですか？」

「そうなんです

　あなたはあなたの中にある研究室の研究員でいらっしゃるんですよ

　この研究所では　ご自分でご自分を磨いていく

　研究員ということになります

　これまでつみ重ねた宝物　得たこと　学んだものの集積が

　研究員の金庫に数々納められていますね

　それは　いよいよここから折々に利益を生み出していきます」

「ここからですね」

「そうなんです」

「まあ　いいかではなくて　もう年なんだからではなくて

　現役力を大事に使って　厚い時間の層に眠っていたものの

　原点回帰をしていくのです」

　感性美人研究所はここからが本番

　美しさを追求して　自分をどう色濃く生きるか

　研究員による独自の感性美人研究所に

　魅力づくりのスイッチを入れていきましょう

感性美人研究所は　実は幸福づくりの研究所なんです

エールを自分に送る　研究員がつくる自分という作品づくり

その時それは　自分に送る花のエールとでも言いましょうか

美しさははじめから美しい人に限られたものではなく

自分の心の使い方でつくりあげていくもの

自分の心を学びはじめた時から　美しさは積まれていきます

自分磨き研究所と考えると

机に向かってノートを開いたりパソコンを用意して……

考えるだけでも　心の中に新しい世界が広がっていくのを感じます

でも　ノートもパソコンもいりません

いいえ　やはり必要です

ここからは　こうしてみよう　こう考えてみようと

ちょっとだけ真剣な時が生まれて　新鮮な自分が生まれます

それは　大事な自分にとっての気づきの第一歩となります

それをメモして　自分との約束のまずは覚書です

こうしてみようと思ったそのことが　人を新しくつくっていきます

研究所の「研」という字は「とぐ」と読みます

みがいて艶を出す　みがいて表面を平らにする

よごれを磨き本質をみきわめるという意味があります

研究所の「究」という字は「きわめる」と読みます

奥深く入りこむ　一番奥の到達する最終点という意味があります

研究員として美を求めてすすむ日々のくらしは　芸術活動です
この研究は　気づいたことによって
いっときいっときをたのしく考えて
工夫するよろこびを用意してくれます

感性美学という道は
見えるもののうしろにある　見えないけれど　あるもの
聞こえるもののうしろにある　聞こえないけれど　あるもの
それらに気がつけることの奥深いよろこびの学びです
自分が豊かに満たされ　人の役に立つよろこびをもって幸せに輝く
「感性美人」になっていく道です

目次

第一章

感じる幸せ

はんなりを求める幸せ

今日という日の朝
つぼんでいた眠りの森から目覚めた妖精が　やすらぎの朝の光を放つ
夜のしじまから解き放たれて　朝焼けは音もなく温度もなく
無を想わせるような……
そんな白い時　昨夜の雨が洗いあげてくれた自然のひとつひとつが
こんなにも優しさをもって迎えてくれる

自然の響きや　無垢の優しさを味わっていると
自然にあふれている美しい音が響いてくる
そんな朝のひととき
求めるはんなりは「天籟の妙音」
天籟の妙音は　気づけば周りにあふれている

日常の何気ないそこここに　自然の中に

人と人とがふれあう心の中に

それらを感じて過ごせば　毎日の暮らしそのものが

はんなり色を放っていく

天籟　それは風の音かしら？

または非常にすぐれた詩歌のようなものかしら？

尋ねてみたいと思う

はんなりを想う……

私たちの日常は日々現実と共にあります

現実は　多くは形ある世界にいます

毎日仕事として有形無形なことを実行することができます

目的に向かって身体を使って行動します

どこにでも行くことができます

物事の判断を的確に実行します

現実は形の見える世界です

そういった現実の中で心の中に見えてくるものがあります

感動して驚くことや

感銘をうけて震えるほど身体がよろこびを感じることや

内なる世界に語りかけてくる無音　無形　無色の心を

はつらつと昂めてくれることごとや

驚きやよろこびや優しい夢は

何にも替えがたいビタミンだったり香水だったり……

風の音や空の色も　人と人とがふれあう心の中に

はんなりという極上の物語をつくってくれるように思います

はんなりは　人の心の中で生み出され

心身を生き生きと輝かせてくれ

生きる歓びを味わわせてくれる

基幹とも言えるものではないでしょうか

第一章　感じる幸せ

15

自分は自分のことばの生みの親——

ふとそんなことを思った時

ことばにも態度にも　今あるその存在を通して

奥に見える風景が想像できるのですね

人は説明がなくてもその風景を読むことになります

はんなりは　花なり華なりを想い起こさせ

ことばの余韻が上品で　華やかな感じをまとっています

日常は　現実というある意味で避けられないあれこれを達成し

日々の糧になることを　疲れて休みながらも進めていく毎日です

昔と違って限られた時間の中で多くを達成する現代の社会

そこで一日をやり遂げた時　パッパッと手を払って幕を閉じます

今日の日の現実とは

果たして見えたり聞こえたり　階段をフィニッシュしただけで

終了ということになるのだろうかと考える時

現実をはるかにはみ出した心の世界こそ大事な現実ではないだろうか

なぜなら　いつもいつでも　心をはつらつとさせてくれる

驚きやよろこびや夢や希望は　自分の心の世界から湧き出てくるもの

それが自分の今日の大切を創っているエッセンス

心の世界から湧き出してくるよろこびを脳が感じ反応してくれる

それが自分の糧となり生きる喜びになる

たとえそれが目に見えなくても

それらが心の豊かさやはんなりをつくると認識することが

大切なのだと思います

はんなりに　生きる歓びが香り出すと思うのです

お茶の掛け軸に「淑気を備える」という一幅がありますが

奥の深いところから浮かび上がってくるような

余韻のある行為　行動　言動

それが品位　品格につながって淑気を備え

歳月と共に余情あるものへとすすんでいくように思います

第一章　感じる幸せ

薫陶

人の美しさというのは　人の生き方が美しいということで

その美しさは歳と共にランクの高いものになることが

理想の姿と言えるでしょうか

そのために自分を磨く砥石を忘れない

日々の暮らしは一瞬一瞬のつみ重ね

そして日々の暮らしは

自分にとっての芸術活動であると　心に言い聞かせて……

美しさと言えば

なんと言ってもいちばんは瞳の輝き

声のほどよい香りと艶　うるおい　ひびき

そのひとつひとつが　はんなりの美人ステージに上るために心がける

準備と言えるでしょうか

お茶のお稽古のはじめは　師匠である先生の前に正座して

「おはようございます

　ごきげんよろしゅうございます

　きょうもよろしくお願いいたします」

　と　先生と共に唱和します

　この言葉に導かれて所作に心が入っていきます

　優雅さと美しさが習慣になるように淑気を備え

　歳月と共にインスタントのきかない余情のあるものへと

　自分を導いていきたいと思います

　人生のハンドルは自分がにぎります

　方向性を間違いなく決めて　そしてスイッチを入れます

琴　線

もうひとつ　香りのあることばがあります

琴線です

琴線とは　美しい音色をもっている琴の「線　弦　糸」のこと

琴線にふれるということは

心の奥にかくれている感情が

奥底で何かに共感し感動するということです

心の中に楽器があるという発想は　なんというステキなことでしょう

人のやわらかい心づかいにときめきを覚えたり

野に咲く花の一途さに　うるおいをいただいたり

心の中の楽器が音もなく鳴り出す時

命の昂まりと幸せなやすらぎが生まれます

第一章　感じる幸せ

25

時

今日という日は　今日しかありません
自分のテーマに反し無意識な時間が重なっていくと
求めずして結果に向かっていく
「太るか！　老いるか！」

何年かぶりに偶然知り合いに会いました
その方は　美を競うあるコンテストに出たほどの方でした
一日のうち　うれしい時間や心がよろこぶ時間を増やしていく
これはすべてに勝る美容法ではないかと思う
あれから四年の時が流れていました
少し心がさみしく見えたので……

人生を飾る真珠は自分でつくっていくのです

気づきという叡智から尊い宝石をつかって

良いものを見つけるのは悪いものを探すより難しいかも

学ぶということは　急いでは身につかないもののようです
ころんでも　何か困った出来事が起きた時も
その時足りなかったもの　欠けていたものがあったんだという
省みる心で自分をレッスンすることでしょうか

人はみな　あしたの自分に逢いたくて

すばらしい自分に逢いたくて……

そんな夢を叶えるために　きょうも感性の泉を探しています

探し求めた泉の水は

汲めば汲むほど音もなく湧いてくるというよろこびの感動

そんな叡智からの贈り物を受けとる人になるために

次には感性がしまわれている

いまだ開けてない　レースのカーテンも静かに開けてみませんか

いずれもそれは　つかみたくても簡単につかめない　はんなりの世界

そこにはやわらかい色が　思いの色が匂いたつ　香りたつゆかしさが

気づくその時を待っています

ある時　感性に言われました

「あなたが私と出会うのはどんな時かしら？　夜？　昼？

　心が幸せ色をしている時？　きれいな物を見た時？

　それとも悲しいことや　うれしいことがあった時？

　私はいつもあなたのそばにいます

　でも　それに気づくのはあなたの心次第です

　だから　いつもどんな時にも

　私がいることを忘れないでいてほしいの」

第一章　感じる幸せ

人は器です

どんな器なのかと思いをめぐらせます

器にどんなものが入っているのだろうかと

美しい心が入っていれば　優しい人になる

喜び悲しみが入っていれば　慈愛に満ちた真心が入っていれば

気品の器になります

器とは　なんと豊かなことばでしょうか

「学んで忘れた後に残るものが本当の教養である」

　と表現したイギリスの元首相サッチャーさんのことばは

　人を勇気づけてくれます

あなたの器は

知っていること　やったことがあること

うれしかった学び　感動したこと　感謝したこと

誰よりも先に手にした第一情報をもっていること

そんなあれこれが入ったとびきりの器でしょうか

世の羨望の的となる

ゴールド　プラチナ　パラジウム

そういった高価な貴金属や宝石は

永遠の美しさと価値を約束してくれますが

本当の美しさは自分の中につくらなくてはならない

感性という土壌から咲いている花にならなくては……

煌めきという内なる思いが　優しさを包んで表現できたら

それはどんな表現になるのでしょう

楚々として香りたつ　やわらかな空気感であったり

秘しても秘してもきこえてくる　くちなしの花の香りのように

その優しさは心を溶かし　内側の世界を満たしてくれます

美しいことば　美しい表現は　心が奏でる心地よい音色と共に

これからも日本に残す宝ですね

森羅万象が奏でる　とこしえの響き

いつも訪ねてみたいと思うその源を

自分のありたい姿とは　磨いていく先はいずこと

時をかけて磨きこむ　自分が自分に贈る贈り物です

そんなことを思う時　茶室はこよなく豊かな時間を与えてくれます

茶室に入るにじり口は小さくて

かがんで入るようにと造られています

心のダイエットのために　自我の太った心から

あれこれを慮るという清らかな思いをひき出し

慎みやたしなみをまず身体に覚えこませ

そしてはんなりの世界にいざなってくれるのでしょう

感　性

気づきという叡智からの贈り物を受け取る人になるために

感性の扉を開く

すると同時にセンサーが動き出し

扉の外から清らかな花の香りと

いっぱいのオゾンが流れこんできます

両手をいっぱいに広げて今日の風を味わってみます

うれしい時　少し落ちこんだ時

悩んでいる時　幸せ気分の時などいつでも

第一章　感じる幸せ

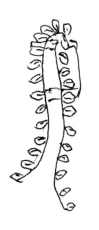

贅沢ざんまい

あり余るお金をつかうことをしてみたいと思うこともひとつ

一方　ここで言う贅沢は自分にできる身近な贅沢のこと

食器棚の奥に鎮座している大事なカップで

好きなアールグレイの紅茶を味わう

育てたレモンユーカリの葉を乾燥させ粉にひいて

ユーカリ香をつくりたっぷりと香りを味わう

またそれを香包にして手紙に入れてさしあげる

新しいきれいをつくるために

いつもゆとりのある愛される笑顔の人でいる

お習字の用紙に好きな文字を絵のように書いて楽しむ

第一章　感じる幸せ

学 ぶ

　毎日あれこれと学ぶことが多い

　行動を起こせば視野に入ってくるものの多いこと

　新しい知恵も拡がっていく

「学ぶ」に似たことばが「真似る」

　真似て努力していくうちに

　それが学ぶ方法のひとつであることに気づき　うなずきます

第一章　感じる幸せ

手の劇場

感性という自分自身のよりどころ

感性は　そっと優しく自分によりそってくれる

唯一無二の内なる友

日々の生活は　いつの頃からかその友と心を分かち合い

励まされ　人生を楽しく織りなして　只今共に進行形です

何をすることにおいても感性という親友は

今日の日が輝くために

何をおいても一番頼りにして

メイク　ヘア　ドレス　着物　慎みのあるお香　夢のほほえみ

それに　持ち物　バッグ類の選び方

それにマナーも……と

そのコーディネートはどれも毎日に必須なアイテム

そのひとつが人との出会いに　おもてなしに

コミュニケーションに　仕事に

今日という日を輝かせてくれます

手はあれこれの思いを表現できる劇場と思った時から

手は心のアートと考えました

いつも自分の最前線にあります

組んだ手　ほどいた手　丁寧なおじぎの手

あれこれの所作の手　人さまをご案内する手もそう

目は心の窓　手は心のアートと考えて

一杯のコーヒーを差し出す手にも

うるおいの優しさをお届けします

手佳きもの魂の器を包むものであれかし　と願い

私の親友は「あえたみこ」さん

彼女といつも一緒にいたいので

そのために独自の秘色文化を目指します

優しさのスペシャルオイルづくりです

そのためには　よき事はそっとかくれて

遊び心とゆらぎの雰囲気があなたの世界を広げてくれます

挨　拶（あいさつ）	ビンテージが漂うような愛の深い挨拶
笑　顔（えがお）	人を幸せにするうるおいの眼差し
態　度（たいど）	品の良さが伝わってくる動き　態度
	足の気品を考える女性に
	それに指先の美しさも添えて
身嗜み（みだしなみ）	装いに心を載せて
言　葉（ことば）	澄んだ声で　熟したことばで

夢

人はきっと　あしたの自分に逢いたくて

生きているのではないかしら

夢ある自分　豊かな自分に逢いたくて

そんな夢を現実に求めていく今日という日

季節の色や空の景色　山あいのしじまの音なき音を感じながら

そうそれに　庭の片隅に置いた

大谷焼の睡蓮鉢に泳いでいるメダカを見ていると

大概のことは小さなことに思えてきます

第一章　感じる幸せ

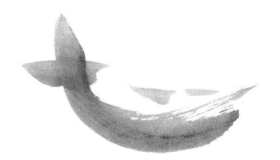

さりげない日々の

小さな芸術活動が

香 満ちて

自分を創る生きた装置へと進むように

第二章

つながる　よろこび

つなぐ　つながり

ふと思った時　何かをお知らせしたい時

感謝の気持ちを伝えたい時　簡単なことでもお知らせしたい時

相手の方の声を聞きたい時

電話をします

人の心と今つながって幸せをいただきます

つながっていくことのひとつに手紙があります

それはまた　別世界の楽しみでもあります

差し出すよろこび　いただくうれしさ

自分の世界が奥の細道のように

限りなく生まれ続いていくように思えてきます

ちょっとの時間の楽しみに　心に浮かんだ方に筆とペンをとります

便箋もよいのですが　習字用の出雲半紙を好んで使います

ほっこりした風情と　そこに和みの世界が広がっているので

手紙を書くのが楽しいのは　そこには心の世界があり

お便りを出した瞬間から

差し上げた方は知らずして待ち人になりますね

読んでくださる方がいらっしゃるというのは　心が昂ります

手紙のちからは優しく力づよく

思いの丈を送ってくれます

返信となると　その方の見えなかった力が

新しい意味を伴って　厚いのし紙の贈り物をも超えて

確かな絆を届けてくれます

手 紙

手紙を楽しく書くには　楽しいことを考えて心をはずませます
好きな用紙を用意して自分の世界をつくります
まっさらな紙に
その季節の匂いが感じられるような気持ちで

手紙には　私を届けてもらうので
メッセンジャーさんに敬意を表して
模様のように　小さく　このスタンプを押します

川にあっては魚に
天にあっては
雁に届けてもらう

手紙には絵もちょっとだけ入れて
ほんの少し香りの色をつけて楽しみます
習ったこともないのに描くと楽しいので……

手紙は遠くなった人を思い　文字を並べているうちに
なつかしさ　想い出がよみがえり　自分の新しい気持ちが生まれます
すると　人生のシナリオの答えと可能性が私の中にあり
発見されるのを待っているのに気がつきます

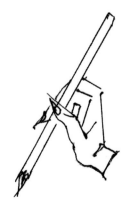

言の葉美人

「ことば」「言の葉」というのは意味を伝えるものですが

　言の葉の「葉」について思うと

　庭の芝生には　舞い落ちた欅の大樹の無数の葉っぱをはじめとし

　紅葉や桜や沙羅やあじさいやと

　数え切れないほどの自然芸術が描かれていて目をみはります

　それらは色とりどりの鮮やかさやデザインの美しさをもって

　日々に生き生きと語りかけてくれます

　このように葉っぱの世界にことばを重ねてみた時に

　言の葉の世界はその数　意味合いの深さ　カバー力において

　天地を　人生を　生活を　人の世界を

　語れないものはないほどの表現力をもち

　また　語感からは豊潤なフィーリングを　力としてもっています

言の葉をどのように大切に使っていくか

これは人生折々の限りない楽しみです

言の葉美人への道がはじまります

言の葉を自分の力とし美しさとしていくために

いくつかのシンプルなフレーズをつくり実践する日々です

その一　今日もことばの天使となります

その二　私でよろしければよろこんで

その三　毎日をよろこび探しの日とします

その四　お会いできてうれしいです　そして言霊の実践を目指します

その五　いつも時分の花を誠の花を咲かせられるように

言霊

私たちの身体は精神の入れ物

そしてことばは心の入れ物です

どんなことばを使うかは心のはたらきによりますね

聖書の教えにこのようなことがあります

高い山に登って羽毛の入ったクッションに穴をあけると

中から羽毛が飛び散っていく　どこまでも　どこまでも

決してそれを拾い集めることはできない

言ってしまったことばは

羽が生えたように飛んでいき回収不能である

言霊という奥深い　まさに含蓄のあることば

それはことばには魂が宿り

その使い方次第で幸運を引き寄せたり　運から見放されたり

そういうことを知って

今以上にことばを大切に使わなければと思います

万葉集に次のような歌が収められています

　神代より　言ひ伝て来らく　そらみつ　大和の国は　皇神の

　厳しき国　言霊の　幸はふ国と　語り継ぎ　言ひ継がひけり

（山上憶良）

　日本は太古の昔から言霊の国であり

　おごそかな神がおわします

　尊い国であって

　言霊の力によって幸せを呼びおこす国と言い伝えられています

また　ことばが千々に花咲き万に匂ふ　とも言われ

日本のことばの豊かな美しさがロマンをもって伝わってきます

第二章　つながる　よろこび

言挙げ

ことばには現実に出来事を起こす力があると言います

よいことばを口にするとよいことが起き

悪いことばを口にすると悪いことが起きる

現実を好転させていくために

ことばを　心をこめて選び使うことの重要さを感じます

肯定的なことばを使えば肯定的な思考の現実化となり

よい波動が生まれます

日常何気なく道具のようにことばを使って必要を満たしていますが

ことばがもっているエネルギーを大切に

感謝をもってことばに接しなければと思います

そのように自分の意思をことばにして言い立てることを言挙げと言い

それは自分へのアファメーション（肯定宣言）となります

愛を実践するために生まれたことばを

ことばが喜ぶようにつかって　きょうも確かな一日にと

これでよかったと　うれしさをいただき

いつも笑顔の主人公でいます

今日もいくつもよろこび探しをします

私だいじょうぶ

頑張るわ

こういう自分を力づけることばをいつもポケットにしのばせて……

よそのお宅に伺う時に
「ごめんください」「失礼いたします」「おはようございます」
　などとあいさつをします
　お買い物で店に入る時
　店員さんやオーナーにあいさつをしていたかしら……

　意識して素敵には誰でもなれるけれど
　無意識の時に素敵というのが本当に素敵なこと

第二章　つながる　よろこび

人の幸せは感動の量で決まる

時と人が目の前を通りすぎていきます

お暇をもらう時は　おつきあいがはじまる時よりも

何倍も実力を試されます

思い出のつまった感謝のことばが用意できると

淋しさがあっても　お別れを思いの深いものにしてくれます

テレビで放映された職人の親方が言っていました

「凡人　鈍才を嘆くのはやめて

　嘆くなら努力の足りないことを嘆かなければね

　職人が器用であることはすばらしい

　不器用であることは頼もしい」

"鈍い"は時に大成のための高資質と言えるかもしれません

ふと心をよぎった考えや大事なことばはすぐに文字にします

そのことばが頭の中にあるうちに

自分の明日を開くかもしれないカギなので　忘れてしまわないうちに

その心づかいが

動作を　細やかな　しとやかな　やわらかなものに　導きます

デリカシーの友達

デリカシーあり？　デリカシーなし？

見落としていたかもしれない　美しいもの

聞き漏らしていたかもしれない　大事なことば

まだ触れていない　人生のつぼみ

まだわかっていない　日々のほんのささやかなこと

そんなことをひとつ　またひとつと

気づきが生まれる今日という特別な日

階段を上る　下りる　ふつうのこと

しかし　階段で起こってしまった小さな危険（出来事）に

ふと　なぜ……と思った時

デリカシーの友達がいなかったんだな……と反省

生活に一輪の花を飾る

忙しいからと　できない理由にしては悲しくなります

紅をさす

唇に　爪に　心に　生活に　装いに

手を抜いたあとは　やはり自分が悲しい

人はころんだ時　「石のせい　靴のせい　坂のせい」にします

でも　納得したくなくてもそれは全部自分のせいでした

たとえばコロナの時節もそうだった

生活習慣をみつめる最適な時期

確かな目標をもって日々を紡ぐ探究者

深く意識しないと大事な時が素通りしてしまう

今しかない　今日しか書けない物語をみのがさない

目標も多すぎると　あれもこれもどれも中途に

だから迷いは払拭

何度でも断捨離のスイッチを入れます

普通の通行人にならないように

時は過去から未来へと吹き渡っていく風

今日までの日々　時という風にさらされながら

あの日　あの時　あのことは心に刻んで忘れることがない

そして　楽しいことも　辛いことも

higher and higher much more better

デリケートなソフィスティケートされたものが香りを放っていきます

カーテンを少しずつひき　日差しと会話する午後

花々がほとんどない枯れた庭の寂しさを窓から味わい

遠くなっている人を想う

終わることのない日を願いながら

重い扉は開けるのに長い時間がかかる

小さな花をよくみるのには時間がかかる

よいことをするには時間がかかる

よい友達をつくるのに時間がかかるように

いつも反省することのひとつ

今日がただの通行人になってしまってはいないかということ

歩いてきた道にはいろんなものが落ちている

気がつけば宝物かもしれないし　気がつかなければゴミに等しいかも

ある登山家が

「山道でゴミを拾う　運を拾うと思って」

とラジオで言っていました

大谷翔平選手もマウンドの行き帰りにゴミを拾っていましたね

声を想う

私たちは健康な声をもって毎日を活躍しています

声は　私たちのもつ能力のどれひとつにも勝るとも劣らない

極まった価値のある力をもっています

声は身の内にあって身近なもの

ふだんづかいあり　よそいきあり

場面場面において最前線の活躍をしてくれます

声の使い方次第で他者との関係は大きく変わります

今日という日も　特別な日に生まれ変わります

声を磨くのは素敵な人のたしなみ

話し方は　選んだことばをどんな声で話すかがカギ

声に気品をもたせ　精神の輝きと美しさを　声を通して表現する

それが　自分磨きの本道となるところ

香満ちて　香りをくゆらすような

一日一日　自分の器に純なるよろこびを注いで

豊かな特性に向かって　魅力の言の葉を

表現していきたいと願います

第二章　つながる　よろこび

いつも何気なく　ほとんど無意識と言っていいほど

当たり前に声を使っています

蛇口をひねれば当たり前に出てくる水道水も

何かの事故で断水になった時

どれほど困ったことになるでしょう

声が出なくなった――そんなことがあったでしょうか

声は生きる力　そして半生の履歴書と言えるほどの……

声はさりげない日々の一瞬一瞬の芸術活動です

声を思う時　私は「美在心中」ということばを思い浮かべます
美は心の中にあって　さまざまな表情となって声に表われます

第二章　つながる　よろこび

声が伝達することは　こんなにも沢山あります

人柄　品位　人格　教養度　心理状態　健康状態

充実度　幸福度　出身地　社会的地位など

声は人なり　そして声はその人の心を映す鏡であるとも

声は愛であり　半生の履歴書　声は歓びであり　感性のときめき

声は祈りであり　深い思い　声は感動であり　喜怒哀楽の発進

声は粋であり　艶　ひびき　声は健康であり　何色もの色をもつ

声は命であり　重厚さ　生き生きさ　声は私であり　存在感の宝庫

第二章　つながる　よろこび

未だ説きあかされぬ
ときめきの
あらかなきかの
秘色のほゝえみ

声に磨きをかけるということは

自分そのものに磨きをかけるということでしょうか

人間力を増し　相手に豊かさが伝わるような

そんな質をたたえた声へと磨きをかけていきたいですね

何といっても声はステキな化粧品です

声の装い

自分の持ち物の中で

とてもエクセレントな表現ができるもの　それは声

声の出し方ひとつで　佳き人への道がはじまります

芸術の道　技の道　それぞれの道は

レッスンによってもそれぞれの目的に向かいます

声は人と人をつなぐ橋

声の魅力はいずこにと考える時　それはしまわれた美の壺の中に

腹式呼吸で呼吸の深い人の声は魂に優しくひびきます

深く豊かな声へと磨いていくためには

しっかり口を開け正しい発音発声を心掛けます

一年のうちの三百六十五日毎日　十年　二十年……と続けていきます

発声レッスンのひとつは　まず早口ことばです

「東京特許許可局許可局長」をレッスンしてみませんか

　正しい発声と発音で

　ちょっとむずかしいですが

　美人をつくることばのレッスンその一です

　パソコン　メールでは伝わらない

　記号や機械ではなく自分のとっておきの声で

　ことばの力をもって声にお化粧　ことばにメイクです

第二章　つながる　よろこび

秘色のエナジーを求めて

香 をくゆらす

ひととき

私の幸せ時間に感謝して

第三章

ほほえみの時

今

親しくしているお花の先生から

展覧会にご招待をうけて会場を回っている時

「花はね　花と花入れと花を活ける技と会場が四分の一ずつの役割」

とおっしゃって納得しました

会場の花々はどれも雅性に輝いています

優雅　洗練　デリカシー　雅　気品

華やいでいて　しかも淑々と

人も花に置きかえてみると　自分を活かす技術はいろいろ

髪　顔形　装い　おしゃれの技　自分の身の置き場所

それに人は動きますし　話します

ことばの技やふるまいの力があります

日本文化はどこまでも奥があるので

嗜むという日本文化のよって立つところ　そこを大切に

しみじみと潤いのあるところに落としこんでいけたらいいのですが

気づかなければ拾えない　よろこびのいろいろ

声なきものの声をきくことや

語らざるものの無音のことばをきくことも

目で物をみると同時に　人に与えられた智の力でみるという方法も

大きな意味があります

察すること　おしはかること　おもんぱかること

そこに奥深い贈り物が待っています

以前とくらべて　毎日のほほえみの時間が多くなっただろうか

急いでは身につかないこともある

ゆっくりを心に意識し　日々をいとおしみ　ていねいに

一日の中で　うれしい体験や感謝をすることは

化粧品と共に大事な美容法

感動体験とは心に刻み込まれた彫刻のようなもの

彫刻の彫りの深さが充実の色に染めてくれる

酒蔵の蔵開きでの尺八の演奏が　通りすがりの耳をとらえました

BGMで終わらない響きの深さをもって　竹林を渡る風のごとくに

「尺八は風の息吹」というキャッチコピーで語りかけてくれました

すると鎌倉の報国寺の竹林がなつかしく心に浮かび

しみじみと想い出の世界に遊ばせてもらいました

第三章　ほほえみの時

「やまとなでしこ」という品種はすでに絶滅危惧品種だと

　誰かが言っていました

　ほんの少しの種であっても　水やりと肥料があれば……

　心に何も身につけていないふしあわせがある

「腹中有書（ふくちゅうしょあり）」という刺激的なことば

　されど今　内なる世界にどんな本の一頁が入っているのだろうか

「やまとなでしこ」が香るために　これからの課題を考える

第三章　ほほえみの時

ミヒャエル・エンデ作『モモ』のお話の舞台である平和な村では

　人々がゆっくりした生活を楽しんでいました

　ある日　その村に時間泥棒の一味があらわれ

　村人たちに時間の節約をすすめます

「あなたたちはのんびり暮らしているが

　それは大変な時間の浪費であって

　時間というものは節約して貯蓄するものです」

　この時間泥棒の一味たちは時間貯蓄銀行を営んでいて

　人々から奪った時間を糧に生きているのでした

　このことばにのせられて人々の生活は一変します

　仕事は早く早くとぞんざいに事務的に片づけます

　心をこめることなく……

　その子供たちも小さな時間貯蓄家という顔つきになっていきます

　そこで　モモという一少女が

「自分の手元に自分の時間を遊ばせておかなければ」と

　時間泥棒と戦って　盗まれた時間をとり戻します……というお話

いつの時代も　将来のための準備に忙しい

まるで　いつ行っても予約でいっぱいの病院みたいに

今は準備社会のようです

今を削り　切りつめ　縮めて　明日あさってに備える

今日という日は　今という時は　今しかないのに

第三章　ほほえみの時

和の優しさ

小布　袱紗[ふくさ]　小風呂敷　座布団

これらのグッズは　つつましくて　どんなものも拒まない

その優しさが好きです

一日一日忙しい時代と相撲を取っている私たち

「せっかちは悪魔の使い」という外国のことわざがありましたね

やわらかな　よいことをするのには時間がかかります

自分の存在が他の人に障らないようにすると

その心づかいが　動作を細やかな淑[しと]やかなものにするようです

紙や木　土　石　竹……といった自然の素材は

年月と共に味が出て素敵になっていく

長い歳月がつくっていくその美に　年齢の重ね方を学んでいきます

第三章　ほほえみの時

ある年の年賀状に書きました
「人生は自らの感性に出逢う旅である」と
　知識で覚えたそらぞらしいことばなど借用語であると自分を戒め
　自分のことばを探し求める
　そんな旅人でありたいと思うのです

　年は薬であると　そして年は香水であると
　若い時にはもたなかったエイジングの良さ
　いつもいつでも心がけているテーマは
"良い香りをお守りにする"ということです

香りって　瞳の輝き　声のうるおい　ほどよい沈黙　ことばのお化粧　嗜みのあれこれ
それ以外にもまだまだいろいろ
しなやかな振る舞いなど　無音のことばの中にもあります

第三章　ほほえみの時

和のキャリア　和の素養　和の嗜み

手紙は和紙に書きます　手紙は習字用紙に書きます
好きな筆を使って
筆文字はことばを優しく装ってくれる気がして……
思った部分に筆字をいれます
すると不思議　心がゆっくり転換します

和紙を見ていると　相手を気づかうことを教えてくれます

和紙は控えたところが魅力

控えながら相手を包む　そんな奥の深い魅力

和紙はそれをいつ学んだのでしょう

第三章　ほほえみの時

中島みゆきの微妙なる歌声

うそのないことばを　きくともなく身体に感じ　ひと呼吸

庭に出る　花に目がいった　小さな花の命を踏まないように

庭の片隅にひっそりと今日を咲いている

名も知らない花　名前も覚えていない花を

踏まないように気をつけようと

そんな時　また中島みゆきの歌がきこえてきた

「人はなんて幼いのだろう　転ばなければわからない……」

季節色をたのしむ

季節色ということばを手のひらにのせてみると

今訪れた季節がほほえんでいるのを感じます

新鮮な季節が立ち上がり動き出す時

季節色は希望色となり幸せを呼びこんでくれるように思います

季節が開いていく　そして心も開いていく

四季があり　二十四節気があり　七十二候があり

日本の国はそういう季節ごとの恵みを

あふれるほどにいただいています

このきめ細やかな季節をどれだけエンジョイするかということが

それが生活への優しさとなるように思います

季節色をたのしんで四季の移ろいをいっぱいに感じてみる

季節色をうたう　緑にはステキな相棒がいっぱい

緑とうたう鳥　緑と遊ぶ花　緑とたわむれる風

緑を輝かせる光　緑の恋人雨

その緑とは友達が多いばかりか

物語るネーミングもファッションセンスにあふれています

萌葱色　抹茶色　若竹色　松葉色　柳色　鶯色

またはピーコックグリーン　マラカイトグリーン　オリーブグリーン

エメラルドグリーン　ペパーミントグリーン……

まだまだ尽きません

第三章　ほほえみの時

雨の芸術

雨の日には雨に染まって……

雨の壁の個室で　ひとりで過ごす時間を温める

大切な人のことを考える　思い出にひたる

この季節の季語など味わってみるのもステキ

雨宿り　翡翠(かわせみ)　虎が雨　青梅　夏越(なごし)　青楓(あおかえ)　青苔(あおごけ)

それに小さな雨粒が檜葉の上に数えられないほどのって

まるでメレのダイヤモンドをこぼしたような　雨がつくる芸術

クモの巣にかかった雨粒も真珠のようでバツグン

庭石たちも雨だれの音で雨のメロディーを奏でます

雨の日には　つま皮の下駄をはいて着物のおしゃれをしてみたい
もちろん蛇の目傘で日本の女性を演じてみる
なんて……ちょっと叶わない夢かしら

叶わないなんて悲しいことを考えていては
感性美人の研究員にはふさわしくありませんでした
思い切って私の中の夢の女性を現実の女性にと……
努力します

女性が一番欲しいと願うものは

それは　品性のブランドが香る
控えめな感性の香水ではないでしょうか

いずれにも感性の香水が香ってほしい
好きな人　好きなこと　好きな音楽　好きな歌手　好きな食べ物
好きな洋服　好きなアクセサリー　好きな絵画　好きな物語　好きなファッション
好きな花　好きな料理　好きなおもてなし　好きな運動　好きな季節
好きなステージ……

私の好きな季節は　冬　秋　春　夏

一番好きなのは冬かしら

寒いけど冬はおしゃれが深いから

洋服を纏う　あれこれ重ねるおしゃれ

ストッキング　帽子　靴　アクセサリー　そうそう手袋も

いろんな魅力のグッズたちが冴えていると

楽しくできるコーディネート

それにキモノの世界はまた刺激的ね

好きな料理はクリームを泡立てて

楽しんでつくるフルーツサンドが大の大の大好評

ひとくち口にした瞬間　どなたのお顔も

普段みたこともない本当の素顔の魅力に

「いい人ね」と思う

私のおもてなしの　とても幸せな時

豊かな人って……

花の名前をいくつも知っている人かしら

大切な尊いものを日常に使う人かしら

キラキラの装飾品に頼るのでなく自分のソフトを磨いている人かしら

手紙のやりとりに心を配る人かしら

心のつかい方を学ばせていただけるような人かしら

イメージの深さ　広がり　美しさが届かないところまで広がっていく

そんな不思議を感じてしまう人かしら

過ぎもせず足りもせず大人のたしなみをもってする人かしら

豊かな人って　秘蔵のオリジナルエッセンスのように

その魅力は果てしない

動かないものを見つけていく

どこにあるのでもない信念の中に

香 満ちて
毎日は確かな実感

よろこびさがし

　　　そして　ほほえみがえしの

あとがき

「今なら間に合う！　電車に乗りたい　時計が止まってしまう前に」

　そう思うのはなぜでしょうか

　それは　人は自分の作品をつくるために

　時を授かっているからです

　生き方や暮らし　生活芸術　ファンタジーを

　あこがれということばに置きかえてみましょう

　あこがれ力は今の自分を高揚させ

　生き甲斐を友達にできる力となります

　本当の力というのは

　誰にも奪いとることのできないものを積んでいることでしょう

　もし借りたものも財産と思っていたら

それで学びながら　それを返したあと残る確かなものが
自分の財産……

そして　どの日も大切な時の階段を上っていく日
高速で通過してきた昨日までの自分を省みて
手の中にある今という時　未来の目次も
今ここにあります

時という瞬間（とき）には　いつも開かれている門があります
人はその門の前に佇んでいます
その門をくぐるかどうか　いつがその時なのか

はかることはむずかしい

しかし　いつでも　決めた時がその時と言えます

重い扉は開けるのに時間がかかるけれども　開ければ奥は深いのです

いつも門は開かれています

いつも決めた時がその時と言えます

あした行きの電車のベルが鳴っています

アナログの自分を電車が待っています

なりたい自分の行く方向は　確かに見えていますよ

著者プロフィール

奥脇 洋子（おくわき ようこ）

青山学院大学英米文学科卒業
山梨放送アナウンサーを経て
奥脇洋子コミュニケーション・アーツ代表
JALインターナショナル客室乗務訓練部講師
山梨学院大学　同短期大学講師　各種専門学校講師を歴任
日本ペンクラブ会員
山梨市観光大使
茶道宗名　宗洋
人としての普遍的な生き方をベースにしたコミュニケーション感性学、
コミュニケーション・マナーズ、和の美学、CS関連など人間力アップ
を志向してカルチャー教室運営、講演、企業研修などにあたっている

著書
『新・オフィス・マナー　かがやく魅力をつくる』（主婦の友社）
『感性美人を育てる　大人の「たしなみ」』（主婦の友社）
『自然に話せる！　会話がはずむ！　「雑談力」講座』（PHP研究所）
『魅力あるあなたをつくる感性レッスン』（PHP研究所）
『そんなつもりじゃなかったのに！　誤解されない口のきき方』（講談社）
『秘色さがしの日めくりことば　心に手鏡を持って』（文芸社）　他多数

香満ちて　美しさとやさしさへ向かう「感性美人道」

2023年5月15日　初版第1刷発行

著　者　奥脇 洋子
発行者　瓜谷 綱延
発行所　株式会社文芸社
　　　　〒160-0022　東京都新宿区新宿1－10－1
　　　　　　　　　電話 03-5369-3060（代表）
　　　　　　　　　　　03-5369-2299（販売）

印刷所　図書印刷株式会社

ISBN978-4-286-30088-7　　　　　　　　JASRAC 出2300152－301